AF400582

Mots croisés, Maux cachés

Josée Piard

Pascal Parmentier

Roman

Édition : BoD · Books on Demand GmbH, In de Tarpen 42, 22848 Norderstedt (Allemagne)

Impression : Libri Plureos GmbH, Friedensallee 273, 22763 Hamburg (Allemagne)

Photographies : Eliz Parmentier

ISBN : 978-2-3225-2340-5

Dépôt légal : Octobre 2024

Romain, Saint Saturnin, le 12 août 2023

Chère Ana,

Je viens de froisser fébrilement quatre feuilles, alors j'espère que celle-ci sera épargnée. Si ce n'est pas le cas, je risque de me sentir responsable (en plus du reste...) de la déforestation de la forêt amazonienne. Tu sais, je n'ai pas écrit de courrier manuscrit depuis plusieurs décennies (quel paradoxe pour un prof de *lettres*, non ?) C'est pourtant le seul moyen de communication dont je dispose actuellement. Mon père, que j'ai pu rassurer deux fois grâce à la gentillesse de ma logeuse, me fait savoir que tu cherches à me joindre avec insistance, partagée entre colère et inquiétude.

Je sais que tu as de multiples raisons de m'en vouloir : comment ai-je pu vous planter, toi, tes amis et vous faire faux bond pour cette randonnée-bivouac dans les Alpes, alors que nous préparions cette escapade depuis si longtemps ? Je ne pouvais pas, Ana, je ne pouvais plus. Te prévenir ? Affronter ta déception était au-dessus de mes forces. Il est des moments où tout devient compliqué, même le fait d'exister aux yeux des autres.

Il m'est arrivé quelque chose de terriblement banal mais d'infiniment violent dont je te parlerai peut-être bientôt. Bref, « j'ai dévissé grave » comme disent mes élèves. J'ai été obligé de bloquer tous mes comptes sur les réseaux sociaux, j'ai même résilié mon abonnement téléphonique pour mieux disparaître. Quelle ironie, non, pour celui qui a instagrammé sa vie en publiant des stories quotidiennes ! Et quel sevrage pour nous deux qui nous sommes envoyé tant de messages depuis le mois de février !

Par quoi commencer ? Début juillet, dernière journée de cours très éprouvante, je passe à la maison prendre à la hâte quelques affaires et je m'enfuis. Cap sur la Bretagne. Aucune envie particulière, si ce n'est celle d'être bousculé par le vent, récuré par les embruns, engourdi par la fraîcheur. Je déserte, à la recherche d'un été qui ne me ressemble pas.

Mais, en l'absence de carte routière et sans Google Maps, je roule au feeling. Ma vue se brouille et je fais une halte dans un petit village de l'Orne. Dans la supérette, j'achète quelques vivres pour survivre et surtout du liquide pour éteindre mon incendie intérieur : burn-out ? Non, burn-in.

J'ai l'intention de passer la première nuit dans ma voiture.

À la sortie, je croise un groupe d'ados assis sur les marches. Ils me regardent. Ils rient. Je remonte dans le véhicule, en proie à une immense panique. J'entends mon cœur battre entre mes tempes. Je m'affale, les mains crispées sur le volant et je chiale comme un môme. Combien de temps ? Suffisamment pour que le jour décline, que quelqu'un toque à la vitre et me demande, dans un français approximatif, si je cherche un hébergement pour la nuit. Cette bonne fée, je l'ai appris plus tard, c'est Alison, une Anglaise de 65 ans, ancienne professeure d'art, qui est venue se perdre dans ce petit village de l'Orne pour réaliser son fantasme de vie rurale et, par la même occasion, vivre son histoire avec Gloria, une de ses élèves, loin des regards indiscrets.

Hagard et déboussolé, je l'ai suivie pour la nuit dans une annexe rustique de sa maison qu'elle appelle la Laiterie. J'y suis toujours, depuis un mois et demi…

Je sais que tu aimes les images mais à défaut de photos, je voudrais t'envoyer quatre screenshots de ces longues semaines de silence :

1) le jardin anglais d'Alison que je vois depuis la porte ouverte : un tableau impressionniste avec de grands arbres feuillus, à l'architecture élégante et une multitude de fleurs blanches, bleues, mauves et roses qui débordent des massifs ;

2) sa collection de mugs de la famille royale qui trône sur une étagère bleue agrémentée d'un feston à fleurs ;

3) mon arsenal personnel de bouteilles vides sur le pas de la porte ;

4) le petit-déjeuner anglais que j'ai découvert sur le seuil, lorsque j'ai fait surface trois jours après mon arrivée, *Bienvenue Romain !* Avec ce livre : *L'Homme qui voulait vivre sa vie* de Douglas Kennedy.

L'orage gronde encore, la tempête me secoue violemment et j'ai peur. Les derniers événements ont ouvert une faille en moi que je dois colmater. Je m'efforce de rester debout.

Je t'embrasse et j'ose espérer que vous me pardonnerez tous cette désertion.

Rom

PS : Ne te sens pas obligée de me répondre, Ana. Toutefois, si l'envie de me faire des reproches est trop forte, tu peux le faire à l'adresse suivante :
Romain chez Alison Grove
4, rue de la Cidrerie
61300 Saint-Saturnin-les-Chardonnets

౷౷౷౷

Ana, Baška, le 25 août 2023

Une lettre… avec mon nom et mon adresse, venant de toi, j'ai peine à le croire. Ton père a donc passé le message ! Une lettre, c'est un morceau de vie d'autrui qui s'invite chez soi. Ton enveloppe avec son beau timbre m'a surprise ce matin, perdue dans ma petite boîte aux lettres à Palada Ulica, cachée entre une facture et un flyer de restauration rapide.

Tu as répondu.

Comment poursuivre cette aventure, que de questionnements, d'attente, qu'avais-je mal fait, quel propos maladroit pouvait conduire à un tel silence ? Te dire que j'ai été déçue de ton absence à ce fameux voyage serait un euphémisme, que je me suis retrouvée seule à t'attendre, comme une adolescente larguée, sur un quai de gare… sans titre de transport, puisque c'est toi qui avais les billets… Je te laisse imaginer mon arrivée tardive au gîte, ils étaient tous au rendez-vous… eux… J'ai essayé de convaincre Ludo que je ne savais rien. J'ai vu la déception sur les visages de Lisa et Pierre, j'ai subi les invectives de Lola et Marc qui répétait compulsivement qu'un grave accident t'était survenu. Tous s'empressèrent d'envoyer des messages sur les réseaux sociaux, tu devines nos têtes devant tes comptes fermés, comment accepter la disparition numérique du grand X ?

Nous avions convenu de rester quatre jours sur les quinze initialement prévus. Je répugnais à laisser Anton seul, d'autant que son état s'était aggravé. Il avait insisté et notre départ coïncidait avec sa semaine à l'hôpital.

Ce fut sans doute Marion qui, dans son silence, nous a fait le plus ressentir ton absence.

T'en vouloir ? Oui, je t'en ai voulu, il me fut difficile de lire dans ton silence, à quoi ou à qui attribuer le lapin du siècle ? Qui a dit que les amis sont des gens que l'on connaît bien… et que l'on aime quand même. Notre correspondance par claviers interposés m'a terriblement manqué, surtout pendant l'aggravation de la maladie d'Anton et jusqu'à son décès. Je t'ai souvent parlé de la relation particulière que j'entretenais avec lui. Anton est mort debout, comme il l'a toujours voulu. Il s'est battu comme un beau diable pour choisir son départ. Si tu savais comme il est difficile de choisir son départ, comme nous sommes vite rattrapés par une foule d'inconnus qui nous retiennent par conviction.

La cérémonie m'a laissé un goût amer qui ne ressemblait pas à son vécu. Amis, simples connaissances, la plupart affectés d'un chagrin de circonstance, un manque de spiritualité, une mort à moitié prix, des obsèques que l'on cache, un deuil qui commence en go-fast.

J'ai ensuite quitté la France, direction la Croatie. Il me fallait fuir, mettre des kilomètres entre son souvenir et mon quotidien. J'ai fait comme Anton, mais à l'envers ; Paris, Zagreb, Rijeka, Krk et comme j'étais encore trop près de mes souvenirs, je me suis perdue à Baška. La ville où il a vécu son enfance au début du conflit.

Je m'aperçois que je ne sais plus écrire, je reviens donc aux fondamentaux. L'instabilité du réseau internet a raison de mon impatience légendaire, je fuis l'instantanéité et je renonce au courrier électronique.

Je ne te crois pas foncièrement solitaire, tu as trop besoin de plaire pour vivre en solitude. Il est des parts d'ombre que nous réservons à ceux qui nous connaissent le mieux, celles que nous refusons aux passagers de nos existences.

Je t'imagine bien, au fond de ta laiterie, toi le geek citadin, entouré de filles, tu dois être aux anges… J'apprécie tes flashs, je vois ainsi ton quotidien.

Il est dix heures, je prends ma gratte et vais longer le rivage. Comme le temps est clair, je verrai au loin se dessiner le continent. Il m'a fallu peu de temps pour me sentir bien ici, le temps de n'être plus une touriste.

Tu m'as bien déçue, Romain, tu m'as blessée, mais je reste à l'écoute, tu seras si tu le veux et comme avant ma parenthèse d'évasion, mon petit espace, mon jardin secret.

À bientôt de te lire.

A.

Carte postale de Romain le 28 août 2023

Chère Ana,

J'ai encore ta lettre entre les mains et j'en tremble… Je la lis et la relis jusqu'à ce que ma vue se brouille. Au-delà du plaisir de te retrouver malgré les frontières que nous avons dressées, la réalité sordide s'impose une nouvelle fois. Anton est parti ! Il a disparu ! Il s'est éteint ! Il est mort ! J'ai besoin de temps pour appréhender ce que je me refusais à envisager. Je n'imaginais pas que sa maladie prendrait aussi rapidement ce tour fatal. Début juin, il semblait reprendre des forces et le nouveau traitement paraissait prometteur. Depuis que je vous avais présentés l'un à l'autre, il rayonnait et ses sentiments pour toi décuplaient son énergie.

Quant à moi, je suis tellement conscient et navré de t'avoir déçue. Enfermé dans ma forteresse, trop occupé à me préserver, j'en ai oublié les autres… Je mesure, Ana, le courage dont tu as dû faire preuve pour affronter ce chagrin et cette disparition. *Mourir debout* : mais pourquoi ce choix s'il allait mieux ? Le chaos qui agite ta vie te fera paraître le mien bien dérisoire. J'ai besoin de temps pour comprendre et accepter. J'ai besoin de temps pour t'écrire mieux.

Je pense à toi.

Rom'

PS : Une carte avec un coucher de soleil… N'y vois aucune mièvrerie, mais le symbole d'un nouveau départ ou alors la disparition d'un être solaire

Romain, Saint-Saturnin, le 31 août 2023

Ana,

Quoi que je fasse, j'ai le visage d'Anton sous les yeux. Avec ou sans cheveux, peu importe, il ne me reste que son sourire lumineux. J'ai tellement de questions à te poser mais, avant tout, je te l'ai promis, je dois t'expliquer ce qui m'a poussé à me réfugier dans ce coin perdu de l'Orne.

Revenons à ce métier que j'ai tant aimé (tu remarqueras le passé composé) et que j'ai certainement choisi. Comme une promesse au professeur de français qui a su donner au petit Romain chétif de 4ᵉ toute son envergure, afin qu'il puisse échapper à l'immense tristesse qui a bouleversé son enfance. Par la force des choses, tu le sais, j'ai été élevé par mon père et j'ai vécu dans un univers masculin avec une tendresse peu démonstrative, des non-dits, des sentiments qu'on devait taire lorsqu'on était un homme. Grâce à la littérature, j'ai découvert le pouvoir des mots et un imaginaire sans frontières, bien plus exaltant que mon quotidien. Et voilà, je suis devenu professeur de lettres dans un collège et j'ai aimé transmettre les trésors qu'on m'avait enseignés, en dépit des nouvelles réformes et des obstacles de plus en plus nombreux au fil des années. Je n'ai pas enseigné uniquement la littérature, j'ai essayé de leur donner un esprit critique, j'ai toujours cherché à susciter des débats d'idées, à les rendre plus tolérants, à les préserver de toute forme de discrimination et de haine. Je me suis investi dans mon travail, j'y ai passé des week-ends et des soirées avec le souci de me renouveler.

Elles et ils le valaient bien, ces femmes et ces hommes de demain... J'ai mis toute mon énergie dans Génération numérique, la lutte contre le harcèlement est devenue mon cheval de bataille et je leur ai patiemment expliqué comment les réseaux sociaux pouvaient être des armes si on n'en maîtrisait pas les ficelles. Moi, le geek citadin, je leur ai appris à verrouiller leur vie privée et à se sentir responsables de chacune de leurs publications.

Mais revenons à ce mois de juin... Tu te souviens que j'ai accompagné deux classes à Naples durant une semaine avec ma collègue de latin ? Parmi eux, il y avait Arnaud, un gringalet d'1,50 m aux yeux cernés, débarqué en cours d'année, suite à un harcèlement scolaire subi dans son précédent établissement. J'ai dû supplier les parents de l'inscrire à ce voyage, alors qu'ils étaient extrêmement méfiants. J'ai même promis que je veillerais personnellement sur lui. Ce que j'ai fait. Le séjour s'est très bien passé. Arnaud n'était pas parfaitement intégré, mais ma collègue et moi faisions preuve de vigilance. Le dernier jour, c'était Pompéi. Il faisait chaud, Arnaud commençait à fatiguer et les autres étaient déjà assis dans le bus. Je suis retourné sur mes pas pour l'accompagner. Le voyage en car qui a suivi a été mouvementé et très agité. Un changement radical que nous avons attribué à l'excitation du retour... La semaine suivante, je retrouvai avec plaisir mes élèves en classe. Mais pas Arnaud. Tu sais, Ana, c'est fragile l'équilibre d'une classe et j'ai senti, d'une manière assez floue, que mes ficelles habituelles de chef d'orchestre ne fonctionnaient plus. *Arnaud est malade*, m'a dit le trublion de la classe, en ajoutant : *il vous manque, Monsieur ?* Ce qui a déclenché un fou rire généralisé. Le jeudi suivant, Julia aux nattes blondes a mis plus de temps que les autres pour ranger son sac, elle s'est approchée timidement de mon bureau : *Monsieur, il y a des élèves qui se moquent de vous !* Et devant mon absence de réaction (elle sait que je n'apprécie pas la délation), *ils vous insultent sur les réseaux sociaux.* Et elle me montre une capture d'écran. En effet, on me voit très près d'Arnaud, mon bras entourant ses épaules, afin de l'encourager pour les quelques centaines de mètres à parcourir. Le pire, c'étaient les commentaires orduriers, relayés par quelques élèves mais surtout des inconnus ! *Le prof de francais de Talagrand est un sale pédé !* Je te passe les menaces concernant l'ablation de mes parties intimes, émanant d'un certain Claude G. qui s'était greffé comme un furoncle sur la discussion... Passé ce moment de stupeur, j'ai fait des screenshots de cet immonde déversoir et je suis allé en parler à mon principal : *Portez plainte si vous voulez, mais il n'y a aucune chance que cela aboutisse et après deux mois de vacances, tout sera oublié !*

Peu de soutien de mes collègues : *Faut faire gaffe, t'es trop proche de tes élèves !*

La fin de l'année scolaire a été un véritable calvaire, j'avais perdu toute crédibilité et moi, le prof à l'autorité souriante, j'étais devenu un sujet de moqueries. Arnaud n'est jamais revenu. Ses parents ont refusé de me rencontrer, car j'avais fait *assez de mal comme ça.* Tu

16

comprends, ils avaient mis toute leur confiance en moi… Elle pesait des tonnes, cette confiance, je ruminais mon échec sans savoir vers qui me tourner. Signalement à l'administrateur du réseau, dépôt de main courante, coupure avec le monde virtuel… J'ai pensé à Samuel Paty et à cette solitude qui avait dû l'accompagner les semaines précédant sa mort. Alors oui, j'ai fui, Il me fallait mettre de la distance pour échapper à cette machine à broyer.

Ma pauvre Ana, tu m'imagines, tel un coq dans une basse-cour ! Tu m'as vu cabotiner, argumenter, faire rire pour séduire mon entourage lors des soirées avec tes amis. Mais tu vois, ici, je me sens plutôt comme un oisillon, bien à l'abri dans le giron de mes deux Anglaises.

J'ai toujours aimé la compagnie des femmes, leur empathie protectrice, leur volonté farouche, leur pouvoir de résilience, cette force qu'elles n'imaginent pas, leur capacité à se mettre à nu, avec ou sans pudeur, suivant les circonstances. Quand elles m'apprécient, j'ai l'impression d'être quelqu'un de bien. Alors oui, j'ai besoin de leur plaire ! Mais elles m'intimident aussi, c'est sans doute pour cela que je suis physiquement attiré par les hommes. Avec eux, tout me semble plus facile, plus direct, je me retrouve alors dans un univers dont j'ai l'impression de maîtriser les codes de séduction. Ceci dit, ma vie amoureuse ressemble depuis plusieurs mois à la terre Adélie et, de jour en jour, la pellicule de glace s'épaissit...

Ma vie sociale est beaucoup plus réduite qu'avant mais d'une grande richesse : nous échangeons, mes hôtesses et moi, livres et réflexions, très tard le soir, dans le cocon du jardin anglais. Dans le silence de la Laiterie, je noircis des pages que personne ne lira jamais. Je panse mes plaies, mais je sais que la réalité va bientôt me rattraper : celle de ce travail que j'ai tant aimé, mais que j'appréhende de reprendre.

Je suis flatté, crois-moi, à l'idée de continuer à être ce jardin secret qui laisse passer la lumière dans un coin de ta vie. Un espace encore plus confidentiel depuis que nous avons renoué avec les mots. D'ailleurs, en me relisant, je me rends compte que je me suis livré à toi, comme jamais. *Callar y quemarse es el castigo mas grande que nos podemos echar encima !*

Tendrement.

Rom'

* Se taire et brûler de l'intérieur est la pire des punitions qu'on puisse s'infliger (Eh oui, Federico Garcia Lorca, encore et toujours…)

છાજાજીજા

Ana, Baška, le 6 septembre 2023

Cher Romain,

Que de révélations ! Tes propos éclairent et je découvre un autre Romain… Ton jardin secret dans lequel je me suis beaucoup promenée change au rythme des saisons, anticiper et improviser sont des qualités de jardinier et si aujourd'hui, il m'offre une tristesse d'automne, je ne doute pas qu'un printemps revienne.

Comment as-tu fait pour me cacher aussi longtemps une intimité pourtant si naturelle, comment n'ai-je rien vu ou rien voulu voir… J'ai même cru que l'on aurait pu toi et moi se laisser surprendre à quelques flirts…

Je me rappelle notre rencontre à Lyon le 14 février 2023, cinq mois à peine qui me semblent une éternité. Nous allions nous croiser comme deux passants lambda, mais il tombait des cordes, je n'avais pas de parapluie, toi non plus. Au secours ! Je devais sauver mes cheveux longs des bouclettes, tu devais sauver les derniers livres que tu venais d'acheter. Au secours ! Je revois le petit troquet de la rue Ferrandière dans lequel nous nous sommes réfugiés, tu t'es effacé pour me laisser entrer la première et c'est alors qu'une voiture passant à vive allure t'a offert ta plus belle douche ! Ce sont tes yeux désespérés qui m'ont définitivement acquis à ta cause, comment t'ignorer ? Bref, on a terminé devant un chocolat chaud puis dans un bouchon. Nos premiers courriels ont trouvé leur place dans nos quotidiens chargés et une amitié particulière naissait.

Je devine le trouble dans lequel ces dernières rumeurs t'ont jeté. Je ne suis guère surprise par l'attitude réservée de ta hiérarchie. Il y a belle lurette que notre système éducatif, aux ordres des instances européennes, balbutie des injonctions paradoxales et je ne suis pas loin de penser que la machine à fabriquer des crétins fonctionne à plein régime.

Tu as fait ce que tu devais faire, ton rôle de chef d'orchestre ne se limitait pas à la restitution d'un savoir, tu voyais beaucoup plus loin et l'apprentissage de la réflexion et du sens critique a toujours été ton cheval de bataille. Pas seulement avec tes élèves d'ailleurs, je me rappelle les débats agités avec nos copains de soirée…

Je me surprends à parler comme une vieille imbécile et être aussi désabusée que mon père qui ne fut guère surpris de me voir quitter l'Hexagone. Partir sur les traces d'un amour, refaire le chemin à l'envers pour lui rendre hommage. J'avais jeté mon dévolu sur ce beau ténébreux. Je croyais que tout serait facile tant il me témoignait d'attention, mais ni sa gentillesse ni sa bienveillance ne me le rendirent totalement accessible. Il avait toujours une part de mystère que j'attribuais à une enfance particulière. Chaque jour qui passait me persuadait de la chance que j'avais de l'avoir à mes côtés, il me nourrissait et m'apportait par sa simple présence la complétude nécessaire à la réalisation de projets communs.

Nous sommes restés discrets et ne parlions pas encore de vie à deux, mais nos emplois du temps étaient de plus en plus semblables. Que de soirées passées à l'opéra ou dans quelque resto qu'il fallait absolument tester, que de visites au musée des Confluences… et toi qui ne pouvais jamais nous rejoindre, toujours coincé par des copies à corriger ou un voyage à préparer. J'avais tant de bonheur à partager et tu étais rarement au rendez-vous.

Le bel Anton n'était que l'ombre de lui-même, seul son regard n'a jamais changé. J'ai passé des journées entières avec lui, entre les soins palliatifs et son petit studio lyonnais. Il me disait qu'il ne savait pas où il allait, mais qu'il avait déjà composté son ticket… Il disait que tout était différent quand le temps n'était plus théorique. Il me parlait de la bande de potes dont tu faisais partie depuis deux ans, cela comptait beaucoup pour lui. Ludo qui habite Lyon hébergeait régulièrement Marc, lorsqu'il quittait son Berry pour le visiter. Les autres se sont plus ou moins éclipsés lorsqu'ils ont appris la nature de sa maladie et son caractère irréversible.

Et toi, par ton absence que je n'ai pas comprise, je t'ai cru mort avant lui.

Ici le temps est ralenti et si tu vis une belle histoire dans ta laiterie, sache que je respire à pleins poumons sur l'île de Krk que j'ai parcourue de long en large.

Je compte m'octroyer encore quelques jours de vacances avant de reprendre le travail, si toutefois j'arrive à avoir une connexion correcte. Je te parlerai à l'occasion des évolutions remarquables de notre entreprise. J'ai la chance de pouvoir bosser n'importe où et d'avoir des associés assez sédentaires.

Il est tard et je dois partir en mer demain matin de bonne heure, j'aide un patron pêcheur de temps à autre quand la mer est calme…

Prends soin de toi, je t'embrasse.
Ana

ೞೞೞೞ

Roger Letellier, Paris, le 15 septembre 2023

Comment vas-tu, mon fils ? Comme il est difficile de te joindre par téléphone, je profite de la nouvelle adresse que tu m'as transmise lors de ton dernier appel… même si tu ne me crois pas capable de l'utiliser. Je t'avoue que je suis resté sans voix lorsque tu m'as annoncé que tu étais arrêté pour trois mois. Je me demande ce qui t'oblige à renoncer temporairement à cette vocation qui est la tienne. Dans la vie, il faut parfois savoir faire le gros dos et attendre que la tempête cesse. Mais tu as raison, je ne comprends jamais rien et je ne mesure sans doute pas l'ampleur de ta dépression. Je ne mesure rien du tout d'ailleurs. Depuis le décès de ta mère, j'ai l'impression d'avoir la tête dans le guidon. Je me suis abruti dans le travail. Je pensais qu'il n'était pas nécessaire de partager mon chagrin avec toi, que subvenir à tes besoins serait suffisant pour te faire avancer. Le silence que j'ai soigneusement entretenu autour de ce cataclysme pour te protéger n'a contribué qu'à te rendre malheureux. Je m'en rends compte maintenant. C'est lorsque tu avais 13 ans que nous aurions dû consulter ensemble un spécialiste. Le fait que tu cesses de grandir était un signe pourtant ! Mais tu sais que les psys, je ne les porte pas dans mon cœur ! Je les rends, peut-être à tort, responsables de la disparition de ta mère. Son analyse n'a fait qu'accentuer son malaise. J'espère que le suivi que tu entreprends, toi, t'aidera à y voir plus clair. Nous n'avons jamais beaucoup parlé tous les deux mais, moi le père taciturne, je veux que tu saches que je suis fier de toi.

Je t'embrasse.
Papa

PS 1 : Je suis allé relever ton courrier, je te le fais parvenir bientôt dans ta cachette (une laiterie ?).

PS 2 : Je te joindrai aussi l'adresse de Maria à Séville, j'ignore si elle est toujours d'actualité. Je n'ai pas de nouvelles de la famille espagnole de ta mère depuis son accident.

౪౪౪౪

De Romain à Ana, le 15 octobre 2023

Ma chère Ana,

J'ignore si tu as repris le travail, mais j'espère que ce courrier, envoyé depuis la nouvelle adresse électronique que j'ai dû créer, te parviendra rapidement. J'ai lu et relu ta lettre plusieurs fois. À travers tes passés simples un peu précieux, tes mots « tristesse d'automne », « rendre hommage », « amour », j'ai essayé de percevoir l'immensité de ton chagrin. J'ai vu tes cheveux caresser le manche de ta guitare et ton regard déterminé s'arrimer à l'horizon lors des sorties matinales en mer. Quelle force, quel contrôle, quelle maîtrise des émotions ! Mais comment fais-tu pour tenir à distance cette douleur qui doit t'accompagner chaque jour depuis la disparition d'Anton ?

En cette mi-octobre, je suis toujours à la Laiterie, mais plus pour très longtemps, comme je vais te l'expliquer. Mes dernières semaines ont été très compliquées : je te passe les tremblements, les crises d'angoisse à l'approche de la rentrée, les tracas administratifs qui ont suivi, la nouvelle de la déscolarisation d'Arnaud… Bref, je suis en arrêt maladie pour trois mois, le médecin m'ayant jugé trop fragile pour reprendre face à des élèves. *Il faut être bien dans sa peau pour être un bon enseignant, M. Letellier ! Vous avez verrouillé certaines portes qu'il va falloir ouvrir.* Il me parle de ma mère, il me demande les circonstances de son accident. Je ne sais quoi lui répondre. Elle allait trop vite, j'imagine. Non, je n'ai jamais revu sa famille espagnole. Ne pas en parler, effacer : ce qu'on ne nomme pas n'existe pas… Comme le suivi psychologique m'a été vivement recommandé, je me plie à cette obligation, malgré les cauchemars douloureux que cela engendre depuis plusieurs semaines. Le psy tente de me faire comprendre que je ne suis pas responsable de ce déferlement de haine sur les réseaux sociaux, *mais êtes-vous sûr, M. Letellier, de ne jamais avoir été attiré physiquement par cet élève ?* Il me provoque, je me rebelle. J'aurais, peut-être, dû porter plainte pour me protéger. Porter plainte contre un gamin ? Je n'ai pas ta cuirasse, Ana, et je ne suis pas un héros capable de faire un bouclier de son corps. Moi, j'ai cru naïvement que le savoir pouvait être un rempart solide contre la bêtise. Je me suis trompé et je dois accepter cet échec pour pouvoir avancer. Cette « fabrique de crétins » dont tu parles est empruntée à quelqu'un dont je n'apprécie pas l'évolution. C'est tellement plus facile de détruire que de construire sur des ruines !

En parlant de destruction, j'ai cessé de noyer mes états d'âme dans l'alcool et j'ai trouvé un pis-aller. Je m'épuise dans de longues marches sur les plages de Normandie à marée basse. Le soir, quand je rentre à la

Laiterie, harassé, les yeux rougis, j'ai l'impression d'être Darcy attendu par les sœurs Bennet qui me voient arriver avec un grand soulagement. Leur bienveillance et leur patience ont été, pour moi, de précieuses alliées. Pourtant, la semaine dernière, après le compte-rendu de mon dernier entretien chez le psy, Alison m'a dit : « *So* Romain, il est temps pour toi de partir et de *traveler* dans ton passé. C'est *very nice* l'Andalousie. C'est de là que viennent ta mère et ton poète préféré ! » Et elle m'a tendu *Sonetos del amor oscuro*, avant de me prendre dans ses bras.

J'ai pensé à ton chemin à l'envers et je me suis dit que c'était le moment pour moi. Je pars à Séville fin octobre. J'ignore combien de temps je vais rester et ce que je vais y trouver. Je ne possède qu'une vieille adresse de l'unique sœur de ma mère, qui m'a été envoyée par mon père. Figure-toi qu'il m'a écrit pour la première fois de sa vie ! Il essaie de me parler mais, après toutes ces années de silence, les mots sont des cailloux dans la bouche.

Je te tiens au courant de mon étrange périple sur les traces d'une mère escamotée et d'un poète assassiné. Mais toi, raconte-moi ton quotidien, les sensations qui le peuplent, n'hésite pas à partager avec moi des images d'Anton !

Rom'

ಶೋಶೋಶೋಶೋ

De Ana à Romain, le 18 octobre 2023
Mon cher Romain,

J'ai effectivement repris le travail mais à dose homéopathique. Tu as de la chance, ma connexion internet est rétablie. Si je tiens le coup ? Si je parviens à me détacher au point d'en étonner mes amis ? C'est justement parce que je ne contrôle rien du tout. Je me laisse vivre et suivre le chemin que j'ai parcouru avec Anton. Il m'a préparée à son départ, presque méthodiquement, comme s'il avait accepté son sort et que son dernier combat serait d'adoucir le deuil des autres. Les discussions furent délicates avec les soignants, parfois de véritables dialogues de sourds. Il ne leur en voulait même pas d'avoir toujours des pensées positives à lui servir. Ils étaient dans la mission, lui dans une rémission quotidienne. Oui, j'ai beaucoup de chagrin, ce chagrin qui ressemble à un manque, celui de toucher ses mains, de sentir ses caresses et de boire ses mots. Sans doute faut-il percevoir la finitude de la vie d'autrui, vivre cette déchéance comme je l'ai vécue, sentir la maladie cramer les vaisseaux, émacier le visage et se rire d'une beauté qui se fane ; oui, Romain, sans doute faut-il avoir partagé cette misère pour en être soulagée et paraître plus forte, mais ce n'est que façade. Nul doute que tu sois un bon professeur, mais les compétences ne sont rien si elles n'évoluent pas dans un cadre cohérent, dans une institution bienveillante et résolument tournée vers notre jeunesse. Ce n'est pas si simple de tout détruire, sinon ce serait déjà fait. L'épidémie fut pour moi un révélateur de l'ambiance lourde qui pèse au quotidien. Cette peur générée par la violence dont les médias nous abreuvent me devenait insupportable. C'est un peu pour cela que j'avais besoin de quitter la France, non pas que l'herbe soit plus verte sur mon île mais au moins, ici, je ne comprends pas grand-chose. La méconnaissance de la langue me protège. Bravo pour t'être arrêté de taquiner la bouteille au profit de belles randonnées. Te souviens-tu de nos longues marches en bord de Saône ? Que de bons moments nous avons partagés ! Je voudrais que tu voies les paysages époustouflants de cette côte adriatique. Ces couchers de soleil à faire pâlir Turner, cette mer qui parfois se réveille et m'offre les colères de Neptune. Si tu rejoins l'Espagne, c'est que tu vas mieux, tu repasses en mode projet, tu avances et tu veux comprendre. Il ne peut rien t'arriver parce que tu as choisi. Tu pars sur les traces de ta mère et voilà ton père qui t'écrit, décidément ! Cela a comme un parfum de regroupement familial. Il te tend une main, veut sans doute renouer le dialogue, ne crois-tu pas qu'il est temps de solder les comptes ? Oui, restons en contact grâce à la toile, à deux nous irons sans doute mieux et plus loin.

Je t'embrasse.

Ana

ೞೞೞೞ

De Ludo à Romain, le 1ᵉʳ novembre 2023

Alors, vieil ermite ?

Comme tu ne te manifestes toujours pas, je force un peu les choses, grâce à Ana qui, en exil sur son île, m'a donné ta nouvelle adresse mail. Tu la connais... Avec sa discrétion légendaire, elle n'a rien voulu me dire, à part que tu traversais une phase de grosse dépression et que quelques mots de ma part te feraient sans doute plaisir. Tu peux te vanter de nous avoir fichu la trouille depuis juillet ! On a d'abord cru à un *ragequit*... On s'est tous demandé ce qui t'était arrivé : aucune nouvelle, aucun moyen de te joindre, puisque tu n'avais plus aucune existence numérique et que ta porte restait désespérément fermée. Un choix, d'après Ana, mais on aurait bien eu besoin de toi. Tu sais, ça été raide pour Anton ! Ana, toujours elle, a pris les choses en main et je dois dire qu'elle a été époustouflante d'efficacité et de dignité. Notre phare dans la tempête ! Je la revois encore, toute droite, dans son tailleur noir, la main sur le cercueil et la détermination dans le regard lorsque *King Arthur* de Purcell a envahi l'espace. Marc et moi, on était en larmes ! Voilà, je voulais te remonter un peu le moral et je te parle de la cérémonie d'Anton... Je ne suis pas doué pour les mots qui réconfortent.

Je sais que tu vas bientôt quitter ta retraite pour l'Andalousie, à moins que ce ne soit déjà fait. Toi qui refusais de descendre plus bas que Barcelone !... Si tu reviens à Lyon, mon pote, passe me voir au magasin. On ira se boire quelques pintes et se raconter deux ou trois conneries. J'ai hâte de te faire découvrir *Tears of the Kingdom*. Tu verras, il y a une solution à chaque problème, mais c'est au joueur de réfléchir pour la trouver. Yolo !

Ludo

De Romain à Ludo, le 2 novembre 2023

Ludo,

Merci de venir à ma rencontre. Je me sens tellement lâche de vous avoir tous abandonnés au pire moment. J'ai vécu comme un reclus, en ignorant tout de ce cataclysme qui a agité vos existences. Tu sais, *je reviens de loin*, comme on dit… Et mon retour va être long !

En effet, j'ai pris un Lyon-Séville avec départ le jeudi 9. Comme je retourne à Lyon le 8 pour régler quelques affaires, je passerai te voir au boulot. Je suis d'accord avec le programme que tu me concoctes, mais j'exclus les pintes : pas d'alcool avec mon traitement !

Rom'

PS 1 : Je ne sais pas si je serai encore de bonne compagnie...

PS 2 : Ne surestimons pas la force d'Ana, malgré les apparences.

耀耀耀耀

De Romain à Ana, Séville, le 10 novembre 2023

Ma chère Ana,

Je suis à Séville depuis hier, après quelques heures volées à ce pauvre Ludo qui a dû croire qu'il passait la soirée avec un fantôme… Je loge dans un petit hôtel, car je n'ai pas encore trouvé la force de frapper à la porte de Maria. Et si elle était inconnue à cette adresse datant d'une bonne trentaine d'années ? J'ignore combien de temps je vais rester ici, car mon arrêt de travail se termine à la fin du mois. Le psy m'a recommandé de faire ce voyage, élément essentiel de ma thérapie, selon lui. *On ne peut pas marcher à cloche-pied toute sa vie.*

Pas grand-chose à te raconter, à part que je me suis retrouvé brutalement hors de ma tanière, avec des inconnus s'adressant systématiquement à moi en espagnol en raison de mon héritage maternel : teint mat et yeux noirs. Carte à la main, je m'égare dans l'entrelacs des rues tortueuses de Séville et je finis par oublier que nous sommes en novembre. Partout, le soleil me fait de l'œil.

Je t'embrasse et j'attends avec une impatience certaine que tes mots parviennent jusqu'à moi.

En te concentrant sur cette carte un peu vieillotte des jardins de l'Alcazar, tu pourras imaginer le parfum des citronniers que j'aimerais partager avec toi.

Rom'

ဆဆဆဆ

De Romain à Alison, Séville, 10 novembre 2023
Dear Alison,

Depuis que je suis là, je repense à cette petite phrase de Lord Byron que tu m'as adressée avec un clin d'œil avant mon départ : ***Who hasn't seen Seville, hasn't seen a thing !***

Il était temps que je quitte la Laiterie et je vous remercie toutes les deux d'avoir desserré votre rassurante étreinte. Une odeur, un accent, une saveur : il m'appartient désormais de tirer les fils qui me permettront (peut-être) de dénouer certains écheveaux de mon passé. Lointains ou plus proches…

30

Je viens d'envoyer une carte à Ana. Je ne lui raconte pas grand-chose, car je n'ai pas encore vu ma famille maternelle, mais je vais trouver rapidement un poste informatique afin de pouvoir communiquer de manière plus régulière avec elle. Ce fil qu'elle a tendu depuis la Croatie m'est précieux. Je lui dois la vérité, tu as raison. Je te raconterai aussi comment nous est venue cette relation épistolaire, je te le promets.

Pour l'instant, je m'imprègne de Séville et cette ville, que j'ai longtemps ignorée, m'accueille et me reconnaît comme si j'étais l'un des siens. Crois-tu que mon imaginaire s'égare ?

En ce mois de novembre d'une incroyable douceur, mes pensées semblent se construire dans les frondaisons du parc Federico-Garcia-Lorca.

Kisses from :

Romain, livré à lui-même,

ೞೞೞೞ

De Ana à Romain, Baška, le 13 novembre 2023
(suite *Bergamasque*, L75: III *Clair de lune*)

Mon cher Romain,

Merci pour cette jolie carte postale, les jardins de l'Alcazar ! Que de souvenirs ! Quel arbre étrange que ce citronnier qui distille ses fleurs au gré des saisons et protège ses fruits. Novembre est agréable et m'autorise encore de belles balades sur les rivages de cette île aux mille visages. Je suis venue me faire mal, me disant que je ne pourrais remonter qu'en touchant le fond. Partie à

la recherche d'un fantôme, à la recherche des vies antérieures d'un homme que j'ai finalement assez peu
connu. Comme si je voulais, en m'imprégnant de son
passé, revivre ses années irrémédiablement révolues. Si
tu savais comme cet émouvant pèlerinage m'a rapprochée de mon passé. J'ai tant vécu avec lui, tant échangé,
il emplissait tellement l'espace que chacun voulait le
suivre ou l'aimer, je n'eus que la chance d'avoir le petit
supplément d'âme nécessaire à son équilibre. Aujourd'hui, c'est moi qui perds l'équilibre, vais-je réussir
comme toi à ne plus marcher à cloche-pied ? Je suis en
colère, Romain, une colère sourde et vicieuse, de celle
que l'on sait nocive, qui vous use et ne trouve sa fin que
dans le pardon. Nous nous sommes connus, aimés et
nous avons filé trois mois de folie, avant que le destin
n'abaisse ses cartes. Je marchais avec constance dans sa
lumière, j'accourais à ses appels, j'aurais pu voler… oui,
c'est ça, voler comme les hautes herbes qui relèvent la
tête en vagues incessantes, offrant des océans de verdure. Mais la faux vigilante nous rappelle la finitude. Anton a disparu et me voici fauchée comme une gerbe de
foin aux soleils de juin, je prends ma place dans la rangée
de ses proches, dans l'andain des inconsolables. J'en ai
assez de cette résilience. Je n'en aurais nul besoin si la
douleur ne m'avait pas collé aux basques depuis l'enfance. Tu sais combien je suis jalouse de mon indépendance, aucune promesse, aucun autre engagement que
celui d'une parole donnée. Comment puis-je être aujourd'hui si défaite ? Je t'envie de pouvoir repartir sur
les traces d'un passé qui te permettra sans doute de

compléter le puzzle de ta vie. Je ne vais pas tarder à rejoindre l'Hexagone. Ce sera l'occasion de revoir Ludo et les autres… Il nous faudra certainement du temps pour retrouver la joie de vivre, qu'importe !

Je t'embrasse.

Ana.

꧁꧂

De Romain à Ana, Séville, 14 novembre 2023

Ma chère Ana,

Je m'empresse de te répondre, car le ton désespéré de ta lettre m'a profondément ébranlé. Les souvenirs ne sont pas exempts de souffrances et c'est ce que nous découvrons, toi, en promenant tes meurtrissures sur ton île croate et moi, dans mes égarements sévillans. On croit qu'avec le temps la peau se durcit et qu'elle devient une cuirasse. Parfois, c'est l'inverse : elle devient plus fine, plus fragile, presque de la dentelle. Une mantille, pour rester dans le thème ! C'est ce qui t'arrive, Ana et cette lumière, que tu crois éteinte pour toujours, s'infiltre à travers les fissures de ta carapace. Enfin ! Tu laisses entrevoir tes fragilités ! Crois-moi, je n'en ai jamais douté, contrairement à Ludo et aux autres. Je mesure à quel point la disparition d'Anton t'a renvoyée à ton indépendance, qui s'apparente désormais à une profonde solitude, depuis que tu as été irradiée par sa présence. Dis-toi qu'il vous a évité l'obsolescence programmée des sentiments. Savoir partir avant l'usure. Qui en est capable ?

J'ignorais que tu connaissais Séville où je suis encore pour cinq jours. Oh, non ! Je n'ai pas encore toutes les réponses à mes questions. Le puzzle ne se complète pas aussi facilement... J'ai fini par me rendre au 12, calle Botteros et j'ai failli m'effondrer en constatant qu'il s'agissait... d'un salon de coiffure. J'aurais pu vérifier et m'économiser un aller-retour. Mais non, j'avais besoin de me retrouver en face de cette maison, dernier trait d'union avec mes origines. J'ai fini par pousser la porte et m'enquérir de Maria Sapena. La propriétaire m'a regardé intensément et s'est exclamée (avec des gestes appropriés) que j'étais sûrement de la famille... le même sourire... les yeux qui se plissent... C'est du moins ce que j'ai compris. Les Andalous mangent les syllabes et je dois vraiment me concentrer pour comprendre. Bref ! Elle ignorait où ma tante avait déménagé, mais elle savait que son fils (tiens, j'ai un cousin !) avait repris un bar à la Alameda : un quartier moderne et branché de Séville.

Je suis donc allé au Lorca deux soirs de suite (décidément, ce poète me guide !). Il s'y est passé quelque chose d'extraordinaire : mon cousin et moi, nous nous sommes reconnus. Il faut dire que nous pourrions être frères, tellement la ressemblance entre nous est frappante. J'ai passé ma soirée à mobiliser mes souvenirs de LV2 et à accepter que les consonnes soient trop difficiles à prononcer. Nous avons pu échanger sur nos vies, malgré l'agitation fébrile du service au bar et grâce à l'aide précieuse d'Antonio, un barman franco-espagnol. J'ai vraiment aimé le mélange des genres au Lorca :

diversité de looks, d'âges et d'orientations sexuelles, le tout dans un grand esprit de tolérance. À la fermeture, mon cousin m'a dit qu'il viendrait me chercher à l'hôtel le lendemain matin pour que je m'installe chez lui. Sa mère serait tellement contente de me connaître !

Et voilà, j'attends donc dans le hall, avec ma petite valise, que Javier vienne me chercher. Je suis aussi impatient qu'angoissé, je dois te le dire.

J'ignore si nous retrouverons un jour *la joie de vivre*, ma chère Ana, mais nous aurons peut-être le droit à une certaine sérénité.

Je te tiens au courant.

Rom'

ಜಜಜಜ

De Ana à Romain, Baška, le 5 décembre 2023
(*Thaïs*, Acte II, Jules Massenet)

Mon cher Romain,

Je rentre à l'instant et je constate un peu déçue que ma boîte est désespérément vide. Grande nouvelle et bourde du siècle, j'ai retrouvé la famille d'Anton, son oncle et leurs enfants habitent non loin de Baška. J'ai hésité avant d'y aller et tu aurais souri en me voyant plantée devant leur porte. J'arrive, avec pour tout bagage quelques photos d'Anton et un terrible faire-part. Leur fils aîné parlait un anglais approximatif et faisait de son mieux pour traduire, mais je ne réalise que maintenant la violence de la scène dont j'étais la principale actrice. Je me suis lancée, bille en tête, sans prendre la peine de m'assurer l'aide d'un interprète, sans avoir leurs mots pour exprimer la tristesse et la compassion. J'arrivais involontairement comme le vent d'un boulet en quête de victimes collatérales. Tu imagines la scène… rétrospectivement pitoyable. Je prépare mon retour en France, mais je vais passer les fêtes de fin d'année ici presque seule, car je ne suis pas encore prête à me mélanger, à retrouver les autres. Ils organisent un réveillon à Lyon. Une grande fête avec les anciens de l'école… Bref, beaucoup d'alcool, de bruit pour l'avènement d'une année remplie pour moi d'interrogations. J'ai quelques connaissances parmi les patrons pêcheurs avec lesquelles passer un bon moment, ce sera simple et j'ai besoin de simplicité. Sinon, c'est toujours compliqué avec mon père, tu vois mon Rom', à nous deux, on fait la paire ! Il m'écrit, m'envoie quelques messages auxquels je réponds sans enthousiasme et nous restons l'un et l'autre sur un quant-à-soi larvé qui ne résout rien. J'ai reçu des nouvelles de Lisa, elle est encore à Londres et toujours aussi speed, elle cherche un nouvel emploi, oui, encore une fois… Tu te souviens de Pierre, son mari, il vient de se faire débaucher par l'un des plus gros brokers de la City… alors forcément, elle se sent un peu en reste. Il faut passer les premiers paragraphes où elle se plaint de ses problèmes de riche, pérore sur l'épicerie sociale et solidaire de Marc, étale les excellents résultats de ses deux gosses… un courriel de deux pages à la mode tabloïd… mdr.

J'ai hâte de te lire, prends soin de toi.
Ana

De Romain à Ana, Lyon, le 10 décembre 2023
(ronronnement du poêle, rumeurs de la ville, chants de
Noël à bout de souffle, pluie contre les vitres)

Ma chère Ana,

Tu vois, j'ai décidé, moi aussi, de t'envoyer la bande-
son qui accompagne cette lettre. J'espère qu'elle t'aidera
à percevoir mon état d'esprit, comme je tente de le faire
avec toi grâce aux variations musicales qui précèdent tes
mots.

Je profite aussi de ce dimanche éteint, dépouillé des
couleurs andalouses, pour reprendre notre conversa-
tion. Il faut que tu saches que ton dernier mail m'a un
peu intrigué. Tu parles de cette « bourde » que tu penses
avoir commise. Ana ! Annoncer un décès à une famille
n'est pas un acte anodin, surtout quand on ne maîtrise
pas leur langue. Que croyais-tu ? Que cela allait se passer
comme dans un film en VO avec sous titrage ? Et Anton, es-tu sûre qu'il n'avait pas de famille plus proche ?
Es-tu restée un peu avec eux après cette annonce bru-
tale ? J'aurais tellement aimé en savoir plus… Seulement, tu bifurques sur la vie trépidante et les péroraisons
de Lisa : est-ce une manière de ne pas m'en dire davantage ?

Quant à moi, je devais te tenir au courant des suites
de mon escapade à Séville… Or, tout s'est précipité à
un tel rythme que je suis passé de l'espoir à la sidération
en quelques jours. L'ascenseur émotionnel ne m'a pas
épargné, car Maria, débordant d'affection à mon égard,
m'a fait comprendre, en me montrant l'endroit de l'accident, qu'il était impossible de se tuer involontairement

(inintencionalmente) à cet endroit !! Alors, imagine dans quel état j'ai repris l'avion…

À mon arrivée, j'avais rendez-vous avec un confrère du psy qui m'a suivi cet été, mais juste avant, je suis passé voir mon père dans la succursale lyonnaise de sa boîte. Je ne sais plus très bien ce que je lui ai raconté. C'était confus. Il y a eu des reproches, des larmes, des accusations, des pourquoi. Et le coup fatal : « Je ne serai pas en France pour les fêtes. Je repars en Espagne pour mon premier Noël avec ma famille maternelle à presque 40 ans ! ». Il n'a rien dit, fidèle à des années de mutisme.

Quant au collège, j'ai repris difficilement et sans grand enthousiasme, il faut bien l'avouer. Mes collègues et le principal semblent soulagés de me revoir, en particulier en raison de la pénurie de remplaçants dans ma matière. Sais-tu que la radio diffuse des spots pour recruter des enseignants, comme s'il suffisait d'*aimer jouer à la maîtresse ?* J'ai vu la même annonce sur le papier qui emballait le pain... Pour couronner le tout, j'arrive au milieu d'une séquence sur l'autobiographie : un extrait d'*Enfance* de N. Sarraute, *« Vous raconterez votre premier chagrin... »*. Crois-tu qu'on guérit un jour de son enfance, Ana ?

On a eu la décence de ne pas me faire suivre cette classe de 4ᵉ à l'origine de ma chute, mais les chuchotements et les regards qui accompagnent mon passage dans les couloirs me font comprendre que cette histoire ne m'appartient plus. Et je crois que quelque chose s'est brisé, je n'y crois plus. Le prof est là pour instruire, mais il ne peut pas grand-chose contre le poids d'une

38

éducation. Et moi, après ces événements, ai-je encore le recul nécessaire pour être un bon professeur ?

Haut les cœurs ! Il me faut tenir encore deux semaines et j'espère que janvier s'annoncera sous de meilleurs auspices.

Parle-moi encore. J'ai hâte que tu reviennes, j'ai encore tant de choses à te dire !

Rom'

ᏃᏃᏃᏃ

De Ana à Romain, Baška, le 10 décembre 2023
(*Playing For Time*, Dark-Side Mix, Peter Gabriel)

Cher Romain,

Oui, je perçois davantage le climat que ton état d'esprit et je l'espère plus joyeux que l'humide froidure lyonnaise. Non, je ne te cache rien. Il n'y a rien à dire de plus. Je me suis conduite en égoïste, j'ai foncé avec mon chagrin, prête à tout pour me rapprocher d'Anton, pour lui survivre plus intensément. Quitte à bouleverser toute une famille, la dernière qui lui restait, car ils m'ont assuré que leurs proches avaient disparu pendant et après la guerre.

Je sais que tout ceci est vain et qu'il me faudra tôt ou tard sortir d'un deuil qui vire à l'obsession. Je pensais être suffisamment forte, mais comment lutter contre la mort ? Elle m'a laissé l'aimer juste assez pour que ma vie en soit chamboulée. Qui de nous deux fut sa véritable maîtresse ? Nous en riions souvent, il l'appelait sa faucheuse gloutonne, celle qui viendrait le cueillir.

Lorsque je prenais ma guitare, il choisissait invariablement *Marijana,* une vieille chanson du folklore que lui chantait sa mère et je savais que cet instant lui était magique. Je ne sais pas si l'on guérit de son enfance, tout juste essaie-t-on de vivre avec son vécu comme bagages.

Tu as donc repris le chemin des écoliers, difficile de reprendre ses marques après une telle tragédie. Tu pourrais faire autre chose, tu as suffisamment de ressources pour réussir une reconversion. Ne crois-tu pas qu'il faut parfois se faire violence, envoyer tout valser par-dessus les conventions, le qu'en-dira-t-on et partir à la recherche de ce qui nous fait du bien ? Le plus important n'est-il pas de penser à soi et à son bien-être ? Se placer parfois dans la zone d'inconfort qui nous permet de nous sentir vivants, parce qu'acteurs de notre vie. Ta reprise ne se limite pas au soulagement de ton entourage professionnel ni aux besoins d'un système défaillant. Oui, je sais les problèmes de recrutement de l'Éducation nationale, s'il n'y avait que l'enseignement… C'est une question de sémantique : les profs enseignent et les parents éduquent. Pourquoi ne plus dire Instruction publique ?

Ludo me racontait que La Poste relève les compteurs d'eau et se substitue aux épiceries de détail dans lesquelles on trouve de tout. Qui fait quoi ? Le travail n'a plus de sens et nul doute qu'il en meurt. Les seniors ont de moins en moins de leviers pour infléchir les choix des plus jeunes, qu'ils soient X, Y ou Millenium. Ces générations sont moins enclines à croire que le travail est une fin en soi. Fini l'après-guerre, les Trente Glorieuses où le travail était une valeur qui définissait celui qui y sacrifiait l'essentiel de son temps. Bref ! Ana vieuconnise…

Je te laisse, j'ai une pašticada aux gnocchis dalmates à déguster sur le port, c'est l'heure de la musique… je te raconterai…

Bien à toi.

Ana

ჳჳჳჳ

De Roger Letellier à Romain le 12 décembre 2023

Décidément, mon fils, plus tu t'éloignes de moi, plus les mots affluent ! Je n'ai pas pu t'expliquer grand-chose à ton retour de Séville… Tes propos ont été d'une telle violence que j'ai eu besoin de recul pour retourner dans ce passé que j'avais fermé à double tour. Je savais confusément que tu reviendrais différent de ton séjour là-bas, mais ce chemin à l'envers, tu devais le faire un jour ou l'autre. Les révélations de Maria n'auront pas contribué à rendre plus serein ton retour au collège, j'en ai bien peur ! Vas-tu tenir le coup, mon fils ? Ta mère et moi nous sommes rencontrés à Barcelone, un an avant ta naissance. Elle était interprète, tu le sais déjà. Un coup de foudre immédiat et réciproque ! Nous avons prolongé le séminaire d'entreprise en ne gardant qu'une chambre, que nous n'avons pas quittée pendant quatre jours. Pourquoi je te raconte ça ? Pour que tu saches quelle attraction nous exercions l'un sur l'autre. Lorsqu'il a fallu que je regagne mon pays, j'ai eu l'impression de laisser un trésor derrière moi, que je ne retrouverais plus jamais. Elle était tellement vive, tellement intelligente, tellement joyeuse… Lorsqu'elle souriait, ses yeux se plissaient comme ceux d'un enfant. Je l'ai suppliée de venir vivre avec moi. Elle n'a pas hésité longtemps. Le mois suivant, nous étions mariés. Très vite, tu es arrivé, mon fils ! Tu étais le bébé de l'amour. Ta mère t'adorait.

Pourtant, il m'arrivait de surprendre chez elle des moments de tristesse, de vague à l'âme. Elle s'éloignait de nous. De plus en plus. Surtout quand elle revenait de Séville où j'avais cessé de l'accompagner, me sentant exclu de son monde en raison de la barrière de la langue. Elle revenait chaque fois plus triste. Je n'ai pas su la rendre heureuse, Romain. J'ai cru naïvement qu'elle s'habituerait à sa vie française. Et il y a eu ce fameux Noël, tu avais 3 ans, elle voulait t'emmener à Séville pour les fêtes. J'ai refusé, j'avais envie que tu restes avec nous, car je savais que ce serait le dernier Noël avec ton grand-père. Comment aurais-je pu imaginer que ce serait aussi le dernier Noël de ta mère ? Même si j'ai senti, en l'emmenant à l'aéroport, que bientôt, elle m'échapperait totalement.

Maria m'a appelé aussitôt après l'accident en m'exposant sa théorie du suicide qui n'a jamais été prouvée. J'ai pris l'avion pour me rendre aux obsèques. Je n'ai pas demandé un rapatriement du corps, je l'ai laissée sur cette terre qu'elle n'avait jamais réussi à quitter. Et puis, comment annonce-t-on à son fils que sa mère s'est suicidée ? Je lui en voulais tellement ! C'est pour cela que je l'ai écartée de notre vie, Romain.

Je comprends que Maria ait envie de passer Noël avec toi et que tu te réjouisses de mieux connaître ton cousin. Je ne t'en veux pas. J'espère juste avoir l'occasion de manger avec toi avant ton départ, afin de t'offrir ton cadeau.

Et, c'est idiot, mais j'espère que toi tu me reviendras.

Je t'aime.

Papa

ಐಐಐಐ

De Romain à Ana, Lyon, le 7 janvier 2024 (Rocio Marquez, *Visto en el Jueves*)

Chère Ana,

En cette matinée grise et glaciale (le chauffage s'est coupé pendant mon absence), je viens d'allumer mon ordinateur dans le but de me reconnecter au travail qui m'attend. Moi qui n'ai jamais pu m'empêcher de corriger des copies ni de préparer de nouvelles séquences sur mon temps libre, j'avoue que cette fois-ci, je me suis abstenu de tout cela avec une certaine délectation. Je constate aussi que j'ai un peu de courrier en retard, comme ma réponse à ta dernière lettre. C'est le risque, quand on refuse de céder à l'immédiateté des réseaux sociaux. Répondre moins vite, mais aussi répondre mieux… Je t'ai envoyé un petit présent d'amitié depuis le marché de Noël sévillan, j'espère que tu l'as bien reçu et qu'il te permettra d'entrer sereinement en 2024.

Je suis donc finalement parti passer les fêtes de fin d'année à Séville, après un repas de Noël anticipé en tête-à-tête avec mon père. Entre les escargots et la bûche, nous avons échangé quelques propos généraux sur la situation dans le monde arabe, le rebond des épidémies de grippe et de Covid, la surconsommation au moment des fêtes, l'évolution du métier de professeur... en évitant soigneusement nos motifs personnels de rancœur. Il était hors de question que je culpabilise de le laisser seul pour les fêtes. Ni que je le rende responsable de toutes mes errances, d'ailleurs. Au moment du café, il a glissé vers moi une enveloppe avec l'argent de mon billet aller-retour : *« Je veux m'assurer que tu reviendras de Séville. De la part de Papa »* Je l'ai pris dans mes bras. Il a paru aussi surpris que moi.

Le lendemain, je m'envolais une nouvelle fois pour cette destination, le cœur plus léger, car désormais, je savais que j'allais y retrouver une tante et un cousin qui m'attendaient. Accueilli par la douceur d'un soleil inhabituel pour moi en cette saison, j'ai pris le temps d'un petit crème et d'une *tostada* sur une terrasse, avant de rejoindre les deux derniers représentants de la famille Sapena...

Cette ville et ses habitants m'ont ensorcelé, Ana ! Moi qui déteste les fêtes de fin d'année, j'ai apprécié ce Noël printanier, ce festival de lumières, ce grand désordre, les cadeaux, les rires, les beignets à l'anis de ma tante, le *cava* qui se prend pour du champagne, le repas familial élargi : Maria, ses amies septuagénaires, Javier, ses amis barmen hauts en couleurs, Antonio et moi. Et tous à la même table ! Ce que j'allais découvrir, c'est que chaque jour, il y aurait de nouvelles rencontres, de nouveaux invités, de nouvelles activités jusqu'au point d'orgue du

Noël espagnol : la venue des Rois mages, date de mon retour.

J'ai aussi regardé des photos avec Maria, je suis allé visiter le musée Garcia-Lorca près de Grenade avec Antonio pendant son jour de congé, j'ai aidé mon cousin au bar pour le service de la nuit du Nouvel An, j'ai mangé les douze raisins de la chance, j'ai vu deux spectacles de flamenco improvisés à Triana, sur la plaza del Altozano. J'ai appris, avec une certaine émotion, que ma mère avait dansé dans ce cabaret, que ma grand-mère était gitane et j'ai voulu apprendre quelques pas de sévillane, moi aussi. Tu vois, Ana, je l'ai imaginée, ma mère, mon étrangère, sur cette place, à travers le voile du temps. Ici, j'apprends à regarder autrement et je savoure chaque instant. J'ignore si elle s'est suicidée, peu m'importe finalement, je sais qu'elle nous avait déjà abandonnés. À travers les silences de Maria, j'ai compris que, d'une manière ou d'une autre, elle ne serait jamais revenue en France.

« Il faut accepter la perte et commencer l'oubli » ne cesse de me répéter Antonio. « Ce sera plus facile si tu t'autorises à la connaître un peu mieux ! » De père espagnol, de mère française, Antonio, c'est moi en inversé. Quelque chose d'irrésistible nous pousse l'un vers l'autre. Lui a vécu à Séville, car son père y était né. La question du choix ne s'est même pas posée pour sa mère. Comme la France pour la mienne, finalement ! Pourquoi faut-il toujours que l'homme choisisse l'endroit où bâtir la cabane ? Malgré le déracinement de sa mère, Antonio est parfaitement bilingue et équilibré. Moi, je ne suis qu'un unijambiste.

Nous nous sommes rapprochés la nuit du Nouvel An au Lorca. Après aussi. Nous nous sommes embrassés sans que personne n'arrête son regard sur nous. Même pas Javier. Ni Maria quand il m'a dit au revoir tendrement le jour du départ. Je me suis dit qu'ici, cela semblait plus facile, plus naturel. Pas besoin de coming-out. Pourquoi n'ai-je jamais été capable d'en faire autant devant mes amis ?

Les conventions sociales, Ana ! Le qu'en-dira-t-on de la petite ville de province qui m'a vu grandir ! Tu me recommandes de tout envoyer valser et de ne penser qu'à moi. Je ne suis pas sûr d'en être capable.

Je t'embrasse et attends ton retour avec impatience.
Rom'

PS : J'imagine que tu deviens l'unique dépositaire des affaires d'Anton. Quand tu reviendras, je serais heureux que tu me confies un objet ou un accessoire lui ayant appartenu.

ಜಜಜಜ

De Léa à Ana, Saint-Glinglin, le 7 janvier 2024
Chère Ana,

Je te souhaite une merveilleuse année 2024 !

Oui, je sais, ça fait un bail… huit mois ? six ? J'ai traîné pour écrire mais tu sais, l'écriture et moi, ça fait… beaucoup !

Je n'arrête pas, ma beauté, le salon me prend un temps fou, j'ai perdu une coiffeuse en fin d'année, juste avant les fêtes, tu imagines la pagaille ! Elle était en période d'essai et s'est aperçue que ça n'allait pas, le rythme était trop soutenu, on faisait toujours les mêmes choses ! Tu parles, Charles ! Saint-Lupicin, c'est pas Hollywood, les mamies restent bien dans le camaïeu de blanc-gris classique et on ne rafraîchit que des couronnes chez les hommes ! Bref ! Je me suis retrouvée avec Isabelle pour tenir le salon. La gestion du personnel devient de plus en plus difficile et me mange mon temps. Tu me connais, j'ai toujours un peu de mal avec la compta, j'ai hâte que tu reviennes pour me donner un coup de main et un bon coup pied aux fesses aussi. Je repousse les échéances et quand je veux avancer, je suis en retard d'une rame.

Sinon, ça va, le salon et la terrasse sont finis. Je suis bien contente de la chambre d'amis, tu y seras bien quand tu viendras me voir. Quentin passe sa vie au garage, le nez dans ses moteurs et faut pas trop compter sur lui pour donner la main à la maison, tu vois bien quoi, si bien que je fais deux journées dans une. Il vient de récupérer une vieille golf GTI qu'il retape pour les rallyes, bon, il se débrouille… ça pèse pas sur le budget du ménage, mais il y passe beaucoup de temps. Je vais finir par être jalouse d'une bagnole, lol !

Je suis redescendue à la ville y'a pas longtemps, j'ai revu le collège, ça m'a fait penser à nous deux. Ça a changé, mais c'est comme si j'y étais, je nous revois partout, le collège non loin de la cité et quand on voulait prendre notre temps, on passait par le centre-ville. J'aimais bien traîner au centre avec toi, on chinait dans les boutiques discount, les bric-à-brac et autres bazars à deux euros et quand on avait réussi à grappiller quelques pièces, on s'achetait quelques bonbecs chez Boismortier. On reprenait notre chemin, bras dessus bras dessous, on animait le soir comme tu disais. On longeait l'avenue du Général-de-Gaulle, la MJC Allende, on descendait la rue des Lilas bordée de kebabs et d'épiceries 24/24 pour entrer dans la cité du Clair-Soleil. Et voilà ! Tu te souviens ? Tu te demandais toujours pourquoi les rues des grands hommes n'arrivaient pas à la ZUP ? Les sans-dents d'un côté et les pleins de fric de l'autre ?

On est resté longtemps à Clair-So, mes parents ont longtemps loué. Ils trouvaient qu'ils avaient de la chance d'être en maison, même mitoyenne des deux côtés. Ils sont restés vingt ans au même endroit, à supporter les bruits, ignorer la délinquance et fermer les mêmes volets jaunes… pour cacher à l'arrière les barres de quinze étages dont les cinq derniers, souvent inhabités, fermaient l'horizon. Elles ont été rasées il y a quatre ans. Que de souvenirs !

Bon, ma biquette, c'est pas le tout, mais j'ai le salon à ouvrir. Je t'embrasse et ne crois pas que je t'ai oubliée, parle-moi de toi, que deviens-tu ? T'es partie au Népal ?

À bientôt. Léa

De Ana à Léa, Baška, le 7 janvier 2024

Coucou, ma choupette,

Pour une surprise, c'est une surprise ! Je te souhaite le meilleur pour cette année !

Non, je ne suis pas au Népal, encore que… il aurait certainement été préférable que je m'enfuie à l'autre bout de la terre. Je me suis réfugiée en Croatie. Je vois que tu réussis dans ton petit village perdu ; certes, ce n'est pas Hollywood mais au moins tu conduis tes projets et je ne suis pas sûre que tu aurais avancé plus vite en restant à Lyon. Je ne te reproche pas ton silence, comment le pourrais-je ? J'ai moi-même été très négligente. J'aurais pu à maintes reprises faire un crochet pour vous rendre visite. Disons que la vie ne m'a guère épargnée, par où commencer ?

Je t'avais déjà parlé de ce beau gars, rencontré lors d'une soirée chez Ludo l'an dernier ? Il se trouve que je l'ai revu et que j'en suis tombée raide dingue, oui, ça peut arriver et c'est bien moi qui écris, Tu me sais méfiante et pas du genre à m'engager sans avoir tous les atouts en main. Mais là, ma choupette, tout est arrivé très vite. Je suis tombée amoureuse d'un mec canon, le genre à faire la couverture des magazines, pourvu d'un charisme incroyable. Bref, un aimant à nanas ! Je te passe les détails, mais nous avons vécu des moments magnifiques, j'aurais pu employer un beau passé simple pour bien déterminer la fin de l'action, car l'état de mon bel amant, déjà malade avant notre rencontre, a empiré et je l'ai accompagné jusqu'à la fin. Il a quitté ce monde l'été dernier.

J'aurais dû t'en parler plus tôt, mais le temps nous était compté. Certains auraient trouvé leur salut dans la fuite, je suis restée à ses côtés ; certains auraient crié à l'injustice et ameuté la terre entière prête à s'émouvoir, je me suis tue ; pas vraiment résignée mais terriblement jalouse du temps restant. Il s'appelait Anton, il avait 34 ans.

J'ai la poisse, Léa, nous savons d'où nous venons toi et moi, les galères de nos parents, on a tout vécu ensemble ou presque, les rixes et les rackets, les bagarres en rentrant de l'école, les flirts pas toujours consentis et les vraies amourettes de vacances pendant les activités estivales que la ville organise pour les plus défavorisés. On a vécu ça, à Clair-So et on s'en est sorti, mais j'ai toujours l'impression que la poisse me colle à la peau. Oui ! J'aurais dû t'en parler, entre les hôpitaux et moi, c'est un véritable running gag, je pensais avoir assez donné avec la disparition de ma mère, mais non ! Nos jeunesses, ma Léa, sont passées trop vite, brûlées comme le papier d'Arménie que ma mère pliait en accordéon et laissait se consumer dans le cendrier au milieu de ses trop nombreux mégots. L'odeur du papier d'Arménie reste attachée à son départ, elle fumait trop, le savait et c'est presque sans surprise qu'elle est entrée en oncologie par une triste matinée d'hiver. La condamnation fut immédiate et la peine n'a pas duré très longtemps, tu te souviens, deux allers-retours avant de rejoindre les soins palliatifs et s'éteindre comme la bougie de ses 38 ans qu'elle n'a jamais soufflée.

Je suis fatiguée, Léa.

Je suis partie en Croatie à la recherche de son passé, je voulais me rapprocher de lui, être encore avec lui. Je sais maintenant qu'il me faut rentrer, la vie doit reprendre ses droits.

Je t'embrasse et te promets de ne plus te laisser sans nouvelle.

ഹഹഹഹ

De Léa à Ana, Saint-Glinglin, le 7 janvier 2024, 23 heures

Ma chère Ana,

Je suis sur le cul. Ton dernier mail me bouleverse. Quelle aventure et quel malheur !

Mais la poisse ne dure pas, regarde ton chemin. Tu as réussi où beaucoup se sont cassé les dents ; c'est ta mère qui doit être fière de toi, là-haut. Ta mère qui faisait des ménages dans les beaux quartiers au sud de la ville. Presque deux heures de trajet pour aller au chagrin, enchaîner deux ou trois ménages chez des particuliers plus fortunés qu'elle. Été comme hiver, elle avalait un sandwich sur un muret. Tu te souviens du jour où un vigile l'avait chassée, elle est sortie de la zone résidentielle privée pour profiter de l'abribus qui ne servait qu'aux gens comme elle…

Ta mère s'est tuée à la tâche quand ton père est parti sans laisser d'adresse, ses seuls loisirs étaient les jeux télévisés et le petit shot de whisky bas de gamme qu'elle s'autorisait chaque soir. Nos parents étaient du même bois, la paie suffisait au loyer modéré, aux repas frugaux, rien de superflu ne trouvait sa place dans leurs budgets contraints. Nos parents étaient des travailleurs pauvres, mais encore et surtout fiers de ne rien devoir. Ta mère assumait ses choix et t'encourageait, toi, sa petite perle qu'elle avait prénommée ainsi à cause d'un livre de chevet qu'elle lisait lorsqu'elle était en cloque. J'étais pas mieux lotie que toi, entre mon père alcoolique et ma mère dépressive, mais ma cellule familiale cachait un amour tout en pudeur. Tu sais ça, je sais que tu l'as pas oublié.

Quand t'es sortie du foyer à ta majorité, t'avais pas d'endroit pour crécher, appel au 115, t'as dormi à la gare, tu te souviens des paroles de mon père : « Misère à vendre et personne pour l'acheter ! On se serrera et on aura moins froid, Léa partagera sa chambre avec la gamine, pis c'est tout ! » et t'es restée chez nous un bon moment.

En fait, y'a pas de rapport entre tout ça et le décès de ton chéri, tant pis, je vais pas effacer, c'est pour dire que tu es solide, tu vas foncer ma beauté et tu vas rebondir parce que tu es forte et volontaire. Ne te laisse pas bouffer par le deuil.

Le mieux serait que tu viennes nous voir, enfin me voir parce que mon Fangio vit au garage, mdr.

Ta petite Léa qui t'embrasse.

De Ana à Romain, Baška, le 8 janvier 2024 (*España*, Emmanuel Chabrier)

Cher Romain,

Tu vois, c'est moi qui cède à l'immédiateté ! Vais-je mieux répondre ?

Merci pour cette gentille attention… ton présent m'accompagnera pour sûr tout au long de 2024, il sera le gardien de mes rendez-vous et ouvrira chaque mois une lucarne sur Séville. Je vois que tu t'es souvenu de mon faible pour les agendas.

Je te sens plus serein, comme libéré du poids du changement, aurais-tu quitté ce que tu étais pour devenir enfin toi-même ? Je ne sais pas si le choix de résidence dépend toujours de l'homme, ne crois-tu pas que le travail détermine plus sûrement nos lieux de vie ?

L'existence se charge parfois de nos rencontres, tu as trouvé une âme sœur, un réconfort et les conventions sociales dont nous sommes parfois pétris sont faites pour être bousculées. À Rome, fais comme les Romains, à Séville comme les Sévillans !

Quant à moi, je n'ai pas retrouvé l'âme sœur, juste une rencontre à la fin de l'été à la faveur d'une soirée un peu arrosée sur la plage. Un beau gars très gentil et très pressé qui aurait volontiers conjugué sa vie à la première personne du pluriel et choisi notre cabane, je ne suis pas allée plus loin.

J'ai passé les fêtes chez moi et contre toute attente j'ai finalement beaucoup travaillé. Mon retour est attendu et mes propositions tout autant. J'ai donc partagé mon temps entre randonnées sur les hauteurs de la ville et la visite du monastère franciscain de Košljun.

Anton avait rendu son meublé et fait un gros tri avant son admission en soins palliatifs. Il m'a laissé quelques effets personnels, ses lunettes de soleil, le chèche qu'il aimait tant, son beau stylo… tu pourras bien évidemment choisir… Il me reste aussi de nombreux clichés, des films, les éternels morceaux de vie peuplant nos téléphones que nous gardons quelque temps avec l'idée de les conserver toujours et que la mémoire saturée nous oblige à effacer tôt ou tard. J'ai aussi une boîte remplie de carnets, de cahiers et de lettres que je n'ai pas eu le courage de parcourir.

J'ai reçu un courriel de Léa, tu sais, mon amie d'enfance avec laquelle j'ai subi mon primaire. Nous avons longuement échangé, une foule de souvenirs est revenue à la surface, le décès de ma mère, le départ de mon père, ma fuite en avant pour le retrouver. Léa est finalement la seule personne avec laquelle je suis vraiment moi-même. Je m'aperçois que je dus être beaucoup d'autres Ana pour pouvoir plaire et rejoindre le troupeau des gens au parcours linéaire. Ne me demande pas pourquoi j'ai intégré une prestigieuse école de commerce, pourquoi j'y ai rencontré des jeunes gens de bonne famille soucieux de suivre le chemin qu'avait déjà tracé papa. Même ma prépa ne fut pas si difficile, au contraire, les heures de travail, le bachotage, les colles me cachaient du monde presque autant que de moi-même. Ce ne fut pas difficile, car mes capacités étaient quadruplées par la volonté et la soif de m'en sortir. Je m'évadais par le travail.

Je dois encore prendre contact avec Ludo qui viendra me chercher à Saint-Exupéry début février. Je dois passer par la capitale pour régler quelques questions administratives avec mes associés. Il est question de consolider nos productions au niveau national et crois-moi, ce n'est pas mince affaire.

J'ai un appel de mon comptable dans cinq minutes, je te laisse…

À bientôt ! Je t'embrasse.

Ana.

౸౸౸౸౸౸

De Romain à Alison, Lyon, le 14 janvier 2024
(Time flies !)

Dear Alison,

Je te remercie sincèrement pour cette correspondance entre Dali et Lorca découverte hier matin dans ma boîte, accompagnée de tes vœux. Je vous souhaite, à Gloria et à toi, une très bonne année et une curiosité sans cesse renouvelée l'une pour l'autre.

Tu as raison, mon deuxième séjour à Séville, m'a tellement absorbé que j'ai négligé de donner des nouvelles. Je suis parti pour essayer de retrouver une mère qui m'a fait faux bond, il y a presque 40 ans… Je n'y ai recueilli que quelques pièces de puzzle décolorées par le temps, parfois contradictoires, mais j'en ai pris mon parti. Je crois que j'accepte de ne pas savoir grand-chose sur elle et de me contenter de ce qu'elle a partagé avec moi. C'est à dire, très peu…

Dorénavant, pour moi, Séville c'est un très beau mec de 35 ans. Je ne sais pas si tu te souviens, c'est avec lui que je suis allé au musée Garcia-Lorca et c'est avec son téléphone que j'ai eu envie de te dire quelques mots ce jour-là. Nous avons tellement parlé de ce poète dans ton jardin… Ma rencontre avec Antonio s'est faite naturellement, sans efforts de ma part. Ni de la sienne, apparemment… Que te dire ? Après avoir été mon traducteur attitré dans mes recherches familiales, il est devenu mon amant… C'est seulement la deuxième fois que je connais un tel feu d'artifice de tous mes sens, la première ayant été écourtée par mes soins. Je suis rentré depuis une semaine et il me manque terriblement. Il occupe mes pensées jour et nuit. Je dois te donner l'impression d'être devenu une midinette, mais il n'en est rien... Je ressuscite tous les mots qu'il a soufflés à mon oreille, je revois son regard troublé par le désir, je sens encore le parfum de sa peau... Ses mains fines et noueuses, nos hanches qui se frôlent, ses silences éloquents… Tout me manque, Alison !

Moi qui suis d'ordinaire assez pudique, je voudrais crier partout à quel point je le désire. Rien ni personne ne pourra m'empêcher de le revoir. Cette fois-ci, je ne choisirai ni la raison ni la fuite.

Je sais que toi tu peux me comprendre, toi qui pour vivre heureuse as choisi de vivre ailleurs. Mais franchement, Alison, dans un pays où le premier ministre a déclaré son homosexualité, pourquoi a-t-on encore besoin de se cacher ? Je n'ai pas envie d'afficher mes préférences sexuelles, je ne veux pas qu'on qualifie mon coming-out de courageux, je ne veux pas que mes amis hétéros soient moins tactiles avec moi, je n'ai pas envie de les sentir gênés quand ils me verront embrasser un autre homme... Donc je n'en parle pas. Et ce n'est pas une trahison. Les hétéros prennent-ils la peine, eux, de dire : je suis hétéro ?

Il est vrai que jusqu'à présent mes histoires sentimentales n'ont pas été des histoires. Des aventures, des jeux de séduction, du plaisir consommé, sans conséquences ni engagement sauf... Depuis mon retour d'Espagne, je bouillonne, j'espère, je revis. Je viens de terminer une autre lettre qui partira demain. J'ai pris l'initiative de demander une dispo à la fin de l'année scolaire pour convenances personnelles. Même si je sais qu'elle peut m'être refusée pour des raisons liées au service, je suis convaincu qu'il est temps pour moi d'élargir mes horizons.

Dans un avenir plus proche, Antonio m'invite à venir le retrouver une semaine à Alicante, fin février, dans une petite maison de pêcheurs que sa famille paternelle a gardée pour les vacances. Seuls lui et moi !

En attendant, je diminue un peu mon traitement et j'essaie de me concentrer sur mon travail. Je fais ce qu'on me demande mais j'ai cessé de m'investir dans de multiples projets. Je me contente de faire cours et de corriger des copies. Je suis moins investi. Ce n'est pas forcément satisfaisant pour moi, mais je pratique le désengagement serein, j'y ai laissé trop de plumes l'an dernier.

Ana rentre bientôt en France. J'ai vraiment hâte de lui parler, même si je crains que mes révélations n'altèrent notre amitié et la confiance qu'elle place en moi.

Je vous embrasse, mes deux fées et j'espère venir passer quelques jours chez vous au printemps.

Romain, livré sans retenue

ഔഔഔഔ

De Ana à Romain, Baška, le 16 janvier 2024
Cher Romain,

Ce jour a un air de lendemain de cuite. Je me suis levée de bonne heure après avoir gambergé toute la nuit ; la poignée de souvenirs que j'avais recouverte du voile de l'oubli a refait surface avec les correspondances de Léa. Tu sais que ma mère ne me quitte jamais vraiment, disons qu'elle vient sur invitation, quand mes questions ne trouvent pas de réponse ou qu'un choix s'avère difficile. La nuit dernière, elle est restée à mes côtés, nourrissant mon insomnie de crème aux œufs et de soirées câlines, d'engueulades avec mon père et de soirées arrosées avec les voisins. J'ai respiré son eau de toilette bon marché affadie par l'odeur de tabac froid, les remugles des hôpitaux, tout est revenu, c'est dingue, Romain… et comme les deux font la paire, Anton a tapé l'incruste dès l'aurore avec son florilège de bons moments. Je me suis aussi souvenu de ses absences, il partait quelquefois en milieu de semaine ou me disait qu'il ne serait pas sur

Lyon, nous chérissions tant nos indépendances qu'il nous semblait inutile de nous justifier. Mais je t'avoue que je me suis souvent demandé ce qu'il faisait. J'étais partagée entre deux certitudes : nous étions trop à l'étroit pour faire de la place à quelqu'un d'autre, mais son charisme était un danger permanent, cette naïve attirance parfois indécente qui se dégageait de sa personne. Tu vois ce que je veux dire…

Bref, j'ai donc la tête ailleurs que sur mes épaules et je vais profiter de la douceur relative du climat pour une grande promenade.

Je joins deux ou trois photos à ce mail, afin que tu comprennes pourquoi j'ai un peu le blues de quitter mon petit meublé ; le mobilier est daté, la déco résolument kitsch mais je m'y sens plutôt mieux que dans mon loft du 6ᵉ. Arrête de te moquer…

J'ai reçu un mail surréaliste des Ressaincourt. Comme elle ne trouvait pas mieux à Londres, Lisa embarque pour New-York dans deux mois. Pierre, bonne poire, a déposé sa démission pour la suivre. C'est la course à l'armement dans la petite noblesse française ? Le père Ressaincourt d'Alémont supportait que sa fille convole avec un roturier, fût-il diplômé *cum laude* du King's College de Londres, mais elle devait à tout le moins tenir la dragée haute à son mari, voyyyyons, Rômaiiiiiin…

Nous ne sommes donc pas prêts de les revoir, je sais, cela ne va guère te manquer. Je connais ta pondération et ton ouverture d'esprit. J'aimais tes répliques « à fleurets mouchetés » qui relançaient le débat au moment le plus inattendu. Cela nous conduisait à de véritables passes d'armes durant les dîners. Ils ne t'intéressent guère, mais font partie du monde dans lequel j'ai évolué et je prends toujours plaisir à faire bondir la partie la plus à gauche de ton cortex cérébral...

Tu peux encore m'écrire, parle-moi de lui, parle-moi de nous, tout ce que tu me livres me délivre.

ಬಾಬಾಬಾಬಾ

De Romain à Ana, Lyon, le 28 janvier 2024 (silence dominical)

Ma chère Ana,

Comme le mois de janvier s'éternise ! Un jour sans fin !

Je fais une pause dans la correction de mes soixante copies de brevet blanc pour te donner quelques nouvelles. J'espère que le cheminement entrepris dans les ornières de ton passé ne t'éprouve pas trop violemment. Fais attention à toi ! Tu as voulu partir pour te rapprocher d'Anton et, finalement, la personne que tu as découverte à Baška, c'est toi. Prends garde aux réponses que tu trouveras, elles n'apaisent pas toujours...

En ce qui me concerne, j'ai eu quelques semaines difficiles. Je me suis cru hors d'atteinte après ma trêve des confiseurs à Séville et j'ai commencé à diminuer mon traitement. Or, c'était beaucoup trop tôt, j'ai enchaîné quelques terribles insomnies, des envies irrépressibles de calmer cette tempête sous mon crâne avec n'importe quel alcool, des matinées blêmes où il m'était impossible d'aller travailler.

60

Janvier est le mois des bonnes résolutions qu'on ne tiendra pas et pour nous, c'est aussi celui des entretiens individuels entre parents et professeurs. Je crains ces rendez-vous qui, au mieux, distillent quelques compliments sur la manière d'enseigner la matière mais qui, la plupart du temps, commencent par « Vous devriez... », « Si je peux me permettre quelques conseils sur vos cours... » Je ne supporte plus ! Depuis quand se croit-on habilité à expliquer à son boucher comment découper la viande ? Tu vois, Ana, encore une manifestation de cette société dans laquelle chacun se croit expert… Au train où vont les choses actuellement, l'opinion va bientôt penser que l'enseignement public est constitué de profs au rabais qu'il ne faut pas hésiter à conseiller. Je suis resté serein, c'est l'avantage des antidépresseurs, ils gomment les émotions ! Mais j'ai un peu l'impression de regarder le monde à travers une vitre. Et quel monde ! Parfois, il me prend l'envie de tirer carrément le rideau !

Antonio a pris possession de mes pensées les plus positives. Nous correspondons par voie électronique, je suis tellement friand de ses mots qui m'apaisent et tellement impatient de les lire ! Cette attente aiguise mon plaisir et je saisis toute la valeur et l'intensité d'une relation épistolaire.

Chez mon père, j'ai retrouvé un vieux téléphone à clapet qui me permettra bientôt de téléphoner ou de recevoir des textos. C'est tout ! No more scroll ! J'ai trouvé le remède aux sollicitations et le moyen d'échapper à la meute en ligne. Il faut juste que j'achète une carte Sim prépayée...

Ludo me fait savoir que tu n'as pas encore transmis la date de ton arrivée à Lyon. Si c'est en février, nous risquons de nous rater, car tu sais que je pars à Alicante. Tu veux que je te parle d'Anton, mais que pourrais-je te dire que tu ne sais déjà ?

Cette lettre est plus courte que les précédentes, car le devoir m'appelle : je dois retourner éreinter mon stylo rouge. (Oui, Monsieur l'inspecteur, j'ose encore corriger avec cette couleur traumatisante !)

Même si tes courriers me sont précieux, j'ai hâte de te voir et d'entendre ta voix.

Rom'

ಶಂಶಂಶಂಶಂ

De Romain à Ana, Lyon, le 12 février 2024
Statut : brouillon (courrier non envoyé)
Ana,

Je sais que tu aimes l'idée qu'on se soit rencontrés comme dans une Rom Com, sous une pluie torrentielle et un 14 février. Ce jour-là, les scénaristes devaient être en mal d'inspiration, car ils ont fait une erreur de casting.

Travelling avant : je sors de la librairie avec trois nouvelles acquisitions, quand un rideau de pluie m'empêche de progresser. Je planque mes livres sous mon imper et je me rue dans le troquet le plus proche.

Je me retrouve devant la porte en même temps qu'une cascade de cheveux bruns qui cherche désespérément à garder son intégrité. Il faut comprendre : pas de frisottis ni de bouclettes qui viendraient détériorer le brushing du matin. Je laisse passer cette demoiselle, car j'ai été éduqué comme ça. Homme ou femme, je m'efface et je laisse passer… C'est le moment que choisit un SUV pour frôler sournoisement le trottoir et repeindre l'arrière de mon imper en beige foncé. Je me pétrifie. Connard ! Tu te retournes et me regardes. On éclate de rire. D'après toi, c'est là que notre amitié a commencé. Je me demande à quoi j'ai pu te faire penser avec mes trois livres formant une excroissance sous mon imper et mes cheveux en vrac : un chien battu ? un chien mouillé ? un chien sans collier ?

Il ne reste qu'une petite table, nous nous y installons. Je grelotte un peu, j'ai froid. Tu me tends un pull que tu sors de ton sac. Nous rions. Tu inverses les rôles de la Rom Com et ça me plaît bien. Moi, j'ai très envie de connaître cette fille qui rit aux mêmes blagues que moi. Elle m'intrigue.

Elle a des yeux incroyables et des mains qui m'hypnotisent. Cette fille, j'ai l'impression de la connaître depuis longtemps. Où ai-je pu la rencontrer, si ce n'est dans une autre vie ?

— *Il y a un petit resto sympa à côté, je t'invite pour me faire pardonner.*

J'accepte, nous commandons le même plat. Je me sens irrémédiablement proche de toi sans te connaître. Tout ce que tu dis fait écho en moi. Tu me questionnes. Un peu. Tu parles. Beaucoup. Nous échangeons nos numéros et promettons de nous revoir. Je n'y crois pas. Un instant de grâce suspendu.

Mais nous prenons l'habitude de nous envoyer régulièrement des photos, des messages courts, des réflexions, tu demandes à être mon amie sur les réseaux et je suis ravi de cette alchimie. Nous nous revoyons aussi au milieu de ta bande de potes que je n'apprécie pas toujours. En groupe, je ne retrouve pas l'intimité et la liberté que nous avons dans nos échanges.

En mars, au retour de Rome, j'accompagne Anton pour une visite à Edouard-Herriot. Il est plus triste et fatigué que d'habitude. Il s'échappe déjà.

Ce jour-là, tu arrivais en face de nous dans toute ta beauté exubérante. Anton s'est figé, j'ai fait les présentations et j'ai su de suite qu'il se passait quelque chose entre vous. Nous nous retrouvions, sous ton insistance ou celle d'Anton, au QG assez régulièrement avec la bande, mais je me sentais exclu. Je buvais beaucoup, je parlais, je faisais rire, je me donnais en spectacle. Moi aussi, j'étais capable de plaire, même si je me sentais de moins en moins à ma place. J'essayais de garder Anton avec moi. Ensuite, je rentrais. Tard. Avec ou sans lui. Avec toi, les messages devenaient de plus en plus brefs et espacés. Il me fallait, à regret, prendre mes distances, avec toi, avec lui. Laisser la place et m'effacer, comme devant la porte du bar.

Et tu me demandes de te parler d'Anton...

De Ana à Romain, Lyon, le 28 mars 2024

Romain,

J'avais oublié à quel point la capitale est un enfer, j'ai passé trois jours à Paris et je n'en peux plus. Cette ville est usante… Quant au transport ferroviaire, c'est une folie… Avant on allait lentement à peu près n'importe où, actuellement on va très vite à peu près nulle part… J'ai cumulé les réunions avec mes deux associés, Bob et François et des entretiens avec des fournisseurs. Nous devions faire des choix, décliner nos visions à moyen et long terme, signer des documents. Et toi, tu profites d'Alicante ! La température doit certainement être très agréable.

Je viens d'arriver à Lyon. Je redécouvre mon appartement. Une boîte à pizza sur la table basse témoigne du passage de Ludo à qui j'avais confié les clefs pour qu'il surveille durant mon absence. Il a mis le chauffage, c'est déjà ça. Le frigo est aussi vide que la boîte aux lettres est pleine. Je retire mes baskets, m'affale sur le canapé et mes yeux se posent sur le cadre posé à côté de la TV, Anton en noir et blanc, toujours lui, comme un vaccin qui vous rappelle que la maladie est toujours là. Juste à côté, la boîte est posée, une jolie boîte grège qu'un ruban bleu habille, elle était dans son sac, celui que j'ai récupéré en quittant Herriot sur le dernier souffle d'Anton. Sans doute faut-il que j'affronte cette réalité, ces objets qui lui survivent et me le rappellent plus sûrement que sa voix se perdant dans ma mémoire, son timbre oublié, sûre pourtant de pouvoir le reconnaître au premier mot si je l'entendais arriver.

Fonceuse, directe, passionnée, tu te souviens ? C'est ainsi que tu me qualifiais, je brille beaucoup moins avec cette boîte que je vide sur la table basse du salon : quelques photos de nous, des notes manuscrites, des tickets, des post-its, des impressions jamais envoyées… et parmi elles, un de tes courriels. Je l'ai lu avec la sensation d'être une espionne. Ainsi ton recul n'était qu'un réflexe de protection. Vous vous êtes aimés. Je te retrouve parmi ses souvenirs, parmi ses notes gardées pour une postérité à laquelle il ne croyait pas. Vous vous êtes aimés. Je le découvre seulement maintenant.

Comment la lumière peut-elle engendrer les ténèbres ? Combien de temps aurait-il joué ainsi ? Partie en pèlerinage sur les terres qui l'ont vu naître comme pour fermer la boucle du sac où j'avais entassé nos souvenirs, je comptais clore mon deuil et revivre enfin. Plus forte de l'amour qu'il m'avait donné jusqu'au bout, plus amoureuse de la vie. À vouloir me rapprocher de lui une dernière fois, à supposer que garder des preuves de vie me permettrait de le mieux comprendre, à me faire peur de découvrir quelques vilains secrets que la mort absout, je suis tombée de haut. Je suis sidérée de n'avoir été qu'un rouage dans les complications de son existence. J'ai perdu ce soir l'exclusivité que je pensais avoir, ces quelques lignes secrètes m'ont fait subitement comprendre qu'on ne connaît jamais l'autre. Vois-tu, Romain, je ne me sens même pas trahie, je préfère même que ce soit toi, car il me restera toujours, maigre butin, l'exclusivité féminine. Il aurait pu m'en parler, me faire part de ses non-choix mais il savait qu'il m'aurait perdue, tout comme il t'a perdu quand tu as vu clair. Il pêchait par omission. Il ne se refusait rien, car il n'avait pas à se soucier d'un futur encombrant. S'est-il au moins soucié de nous ? La maladie lui donnait tous les droits, même celui de nous laisser à terre comme de pauvres marionnettes désarticulées.

Tu trouveras en pièces jointes quelques extraits piochés au hasard de mes bouleversements. À sa manière, il nous a aimés. Qui a dit : « L'amour, tu sais, a besoin d'imagination ? » Les nôtres manquaient d'envergure ou s'inscrivaient dans un temps qu'il ne conjuguerait plus.

Amoureux peut-être, égoïste sans doute, il aura picoré au buffet des voluptés… A posteriori, peut-on lui en vouloir ?

Combien ces quelques mois durent être difficiles pour toi ! Personne ne comprenait pourquoi tu t'éloignais du groupe. Je n'ai rien vu. Rien senti. Même pas fichue d'interpréter tes sautes d'humeur. Moi qui prétendais être si proche de toi... Comment aurais-je pu deviner quoi que ce soit, alors que tout mon être était aspiré par les dernières lueurs d'Anton ? J'ai cru, égoïstement, que sa fin m'appartenait.

Tout au fond de la boîte de Pandore, il reste l'espoir : celui de te retrouver. Toi, l'Ami que j'ai failli perdre…

Ana.

౼౼౼౼

LA BOÎTE

Pièce jointe n°1 : Fragments du journal d'Anton

Anton, 17 avril 2023

Tu viens juste de me quitter que ton parfum me manque déjà. Il te faut partir, me laisser quelques heures, gagner ta vie alors que je perds lentement la mienne. Je t'imagine à contre-jour, dans la première timide lumière du matin. Belle comme un soleil, belle comme la vie.

Tu sais que mes nuits sont brèves, le sommeil me surprend plus qu'il ne m'invite et mes insomnies sonnent le rappel des souvenirs et des angoisses. Il m'a fallu si peu de temps pour accepter cette maladie que je sais irréversible. Je l'ai admise plus vite que tous mes proches. Ils se perdent en phrases convenues, en conseils inadaptés, ils ne sont que présences forcées, des propos de gens bien portants. Ils sont abominablement gentils, conscients de leur impuissance et terrorisés par la mort que je représente, moi, le VRP de l'obsolescence programmée !

Il n'y a pas de place pour les autres dans ce quotidien désormais compté car leur pitié me désole et je jalouse leur vitalité. J'ai donc décidé de mettre les voiles, de disparaître aux yeux de la plupart avant que de partir définitivement. Je nettoie mon carnet d'adresses, je saborde petits et gros navires avec une application dont je ne me serais pas cru capable. Romain, en choisissant de s'éclipser, me facilite la vie ou ce qu'il en reste. Je pratique la politique de la terre brûlée. Je ne peux m'enfuir, impossible pour moi de voyager, je serais bien retourné en Croatie, à Baška, je me vois marcher sur le rivage, parcourir les ruelles du village, revenir aux sources. Mais je n'irai nulle part, je rejoindrai le camp des solitaires, le clan de ceux qui n'ont à plaire à personne.

Je ne sais même pas si j'ai peur, je n'ai plus de référentiel dans l'épouvante. Enfant, je prenais un malin plaisir à me faire peur. J'étais plus fasciné par les serpents que les fourmis, les grosses araignées que les gazelles.

Mais toi, oui, toi Ana, que faire de toi, de cette relation qui se consume chaque jour davantage. Toi qui partages, toi qui ne comptes pas.

La dernière soirée avec la bande m'a parue interminable, ce débat stupide entre Lisa et Marc au sujet de sa reprise d'une épicerie solidaire en plein milieu de nulle part. Où est le problème ? En quoi cela dérange cette arriviste ? Comment peux-tu la supporter ? Elle est si loin de toi, de tes valeurs, de tes projets ?

Il est neuf heures, l'odeur de ton dernier café et du pain grillé flotte dans la chambre… j'ai la nausée.

શ૰શ૰શ૰શ૰

Anton fin avril 2023

J'ai réussi à enfiler mon jean en 32, ça faisait un bail…

Le traitement me fatigue, les nausées surtout et les coups de fatigue qui me surprennent au moment le plus inattendu. Cette impression d'être toujours en nage en ayant toujours froid.

Le patron m'a appelé ce matin, je lui ai dit qu'il n'y aura pas de match retour. J'ai donc loupé mon dernier jour de travail, je ne reprendrai pas.

J'ai reçu quelques messages sympathiques de l'équipe et c'est Clémence qui a trouvé le courage de m'apporter un sac rempli de 33 tours, tous (même Romain) avaient cotisé pour m'offrir de belles pièces vintage.

ഔഔഔഔ

Anton, mi-juin 2023

Je me sens seul ce soir, seul dans cette chambre d'hôtel pour petits budgets.

Je suis retourné à l'appart', pour la dernière fois, il est vide.

J'ai revu ton p'tit corps, au milieu du couloir, demander des caresses qu'il mérite tant, mais que je ne sais plus lui donner. Mon Dieu, ce que tu vas me manquer, ma petite Ana, je perds mon souffle à le penser.

Le déménagement m'a épuisé, j'aurais même préféré m'éteindre en déplaçant ma commode Ikéa, casser ma pipe en portant mes cartons de livres, crever la gueule dans mes casiers de vinyles, oh oui, mon Ana, partir dans la joie, entouré de mes potes, les surprendre presque… imaginer Marion me trouvant éclaté au palier et râler parce que je n'avais pas fait attention, ou Marc grognon de s'apercevoir que je ne portais plus ma part de charge dans l'escalier, jusqu'à ce que Lisa gueule comme une hystérique : Il est tombé ! Il est tombé ! Arrête de pousser !

Enfin ! Ils étaient là et m'ont rendu un fier service, je passe un peu à la caisse ce matin, car cette fête postdéménagement fut trop longue pour moi, j'étais même surpris de les voir au complet lorsque je me suis pointé au salon vers 23 heures après avoir piqué du nez dans la chambre de Ludo. Romain est passé nous aider. Il est resté peu de temps et a soigneusement évité de croiser mon regard. De qui a-t-il peur ? De moi ? De lui ?

Anton, 30 juin 2023

Je n'ai plus de frigo, mais j'ai souri ce matin en passant devant le miroir de l'entrée qui est recouvert de post-its ! Ma mémoire me joue des tours, un manque d'attention plutôt, j'oublie de plus en plus et chaque petit carré jaune habite mon quotidien et me rappelle à l'ordre : pain, beurre, lait, pressing et cordonnier, instants de vie sans importance qui ne demandent qu'à ne pas être oubliés. Roses, jaunes ou blancs, ils collent à la vitre, jolis papillons souvenirs !

Je me regarde de moins en moins, mon reflet me fait peur.

ಬಬಬಬ

Rendez-vous du 21 juillet 2022 sur un reçu de carte bancaire

« Rue Gentil, 19h00 »

Je viens de retrouver ce reçu de carte bancaire au fond d'une poche de mon caban : j'ai acheté un bouquet le 21 juillet 2022, le reçu ne m'a rien dit, mais j'ai tout de suite revu la fleuriste à la chevelure de feu et l'heure : 18h54, la fin de journée, l'apéritif chez Romain, rue Gentil… ça ne s'invente pas.

ഇഇഇഇ

Pièce jointe n°2 : Un seul livre dans la boîte

L'Insoutenable Légèreté de l'être de M. Kundera (livre corné et annoté t'ayant certainement appartenu, car ton nom est inscrit sur la page de garde). Je te copie la seule phrase surlignée au Stabilo rose :

Ne pouvoir vivre qu'une vie, c'est comme ne pas vivre du tout. L'homme ne peut jamais savoir ce qu'il faut vouloir car il n'a qu'une vie et il ne peut la comparer à des vies antérieures ni la rectifier dans des vies ultérieures.

À l'intérieur du livre, pliés en quatre : une note, un brouillon et une lettre.

ഇഇഇഇ

Une note

Pour deux nuits et deux petits-déjeuners Hôtel Artemide, Roma le 15/03/23, avec au dos ces quelques mots : *Je voudrais que ce matin-là ressemble à tous ceux qui nous restent, mon amour !* R

Un brouillon :

~~Ne me demande pas de choisir ou de renoncer.~~

~~Reviens-moi !~~

~~Ce que nous avons vécu ensemble est unique. Ne sois pas jaloux d'Ana. C'est un ouragan qui entre dans ma vie alors que la fête se termine.~~

~~Un amour n'annule pas l'autre. Je suis capable d'ouvrir suffisamment mon cœur pour vous y abriter tous les deux. C'est le seul organe qui s'épanouit quand tout le reste rétrécit ou fout le camp.~~

꧁꧂

Cette lettre

Anton,

Ces quelques mots, les derniers pour moi, dans une enveloppe cachetée que tu trouveras tout à l'heure dans ta boîte à lettres. Toi qui aimes les secrets, te voilà servi.

Tu me proposes de poursuivre notre relation clandestine malgré Ana, à son insu. J'ai envie de te dire : oui, Anton.

Oui comme à toutes les propositions farfelues que tu m'as lancées depuis six mois.

Oui pour quitter Lyon en pleine nuit d'insomnie pour aller prendre un petit-déjeuner tous les deux sur le Vieux Port.

Oui pour grimper au sommet d'une grue pour y faire l'amour.

Oui pour escalader une propriété privée et prendre un bain de minuit dans la piscine en faisant le moins de bruit possible.

Oui à tes caresses sous la table, alors que nous étions avec notre groupe d'amis et que tu t'étais déjà rapproché d'Ana.

Oui à tout. Ne rien s'interdire !

J'aurais dit oui si tu m'avais proposé de rendre notre relation publique, mais tu n'y tenais pas et moi non plus. Le secret attisait ton désir et moi je dépendais de tous tes désirs. Tu voulais vivre vite, je savais pourquoi, j'ai essayé de te faire oublier le compte à rebours. Nous n'en parlions jamais !

Je t'aime : je l'écris car je ne pourrai plus te le dire, je sais que maintenant je vais devoir me taire pour te laisser vivre cette nouvelle aventure avec Ana. Je m'éclipse sur la pointe des pieds. Le cœur en lambeaux. Sans faire de bruit.

Romain

PS : Mon téléphone t'a chassé de sa mémoire. Pour moi, ce sera plus long ! Ne m'appelle pas !

Remerciements,

Merci à Alice, Anne, Déborah, Élise, Fabrice, Sarah, Véronique A et Véronique P, pour leurs lectures attentives et leurs encouragements.

Merci à Babeth pour sa disponibilité et la grande générosité avec laquelle elle a relu le manuscrit.

Merci à notre *Phil conducteur* pour ses suggestions et ses conseils avisés.

Merci à Éliz pour avoir mis son œil de photographe au service de la réalisation de la couverture.